비움

비움

발행일 2022년 6월 27일

지은이 최영복
펴낸이 손형국
펴낸곳 (주)북랩
편집인 선일영 편집 정두철, 배진용, 김현아, 박준, 장하영
디자인 이현수, 김민하, 안유경, 김영주 제작 박기성, 황동현, 구성우, 권태련
마케팅 김회란, 박진관
출판등록 2004. 12. 1(제2012-000051호)
주소 서울특별시 금천구 가산디지털 1로 168, 우림라이온스밸리 B동 B113~114호, C동 B101호
홈페이지 www.book.co.kr
전화번호 (02)2026-5777 팩스 (02)2026-5747

ISBN 979-11-6836-371-7 03810 (종이책) 979-11-6836-372-4 35810 (전자책)

비움

영복

최영복 시화집

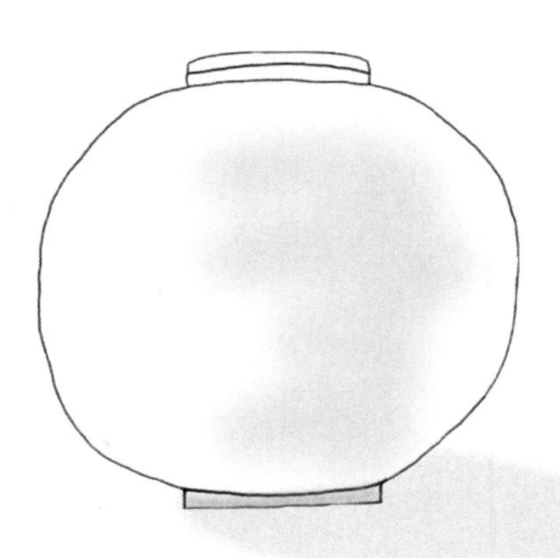

북랩

작가의 말

서울과 멀지 않은 시골에 한 소년이 있었다.

그 마을은 황순원의 소설 「소나기」에 나오는 풍경과 같이 봄엔 산과 들에 꽃이 만발하고, 여름엔 가재가 나오는 계곡에서 아이들이 벌거숭이로 멱을 감고, 가을엔 고추잠자리 떼가 파란 하늘을 가득 메우고, 겨울엔 멱감던 개울이 얼어 아이들이 썰매를 지치던 곳이었다.

소년은 여느 시골 아이들과 같이 개구쟁이였는데 그림을 잘 그려 학교 대표로 그림 대회에 나가 상을 받곤 하여 친구들의 부러움을 샀다.

소년은 청년이 되면서 다들 도시로 떠나가듯 서울에서 직장을 구하고 결혼도 하여 어느덧 중년이 되었다.

나는 어린 시절 이후 그림을 그려보거나 배워본 적이 없다. 이유는 특별히 없는데 직장생활이 바빠 그림 그릴 여유가 없었고, 그릴 필요도 느끼지 못해서였던 것 같다.

그러다가 몇 년 전 우연히 대형문구점에 갔다가 다양한 스케치북과 연필들을 보고 마음에 들어 몇 개 사 온 적이 있다. 그날 이후 평소 좋아하던 등산을 갈 때 배낭에 스케치북을 담아가기 시작했다.

등산 중에 아름다운 경치를 보며 하나둘 그리다 보니 마음 한쪽에 자리 잡고 있던 그림에 대한 갈증이 해소되고, 그동안 일하면서 느껴보지 못한 행복감이 느껴지기 시작했다.

이렇게 즐겁게 시작한 글과 그림이 취미로 이어져 점차 작품이 쌓이게 되고, 지인들에게도 보내주니 반응 또한 좋았다.

나는 먼 훗날 퇴직하면 그동안의 작품을 한데 모아 책을 만들고 싶다는 소망이 있었는데 드디어 내게 퇴직하는 날이 찾아왔고, 책으로 출간하게 되었다.

이 책에 있는 작품은 내가 공직생활 틈틈이 여행이나 산책을 하며 보고 느낀 점을 표현한 것들이다.

그동안 지인들이 내가 보내준 글과 그림을 보고 공감하며 호응해 주었듯이 나는 더 많은 사람이 이 책을 보고서 소소하게나마 위로받고 좋아해 주기를 바란다.

끝으로 이 책이 나오기까지 곁에서 응원해 준 가족, 친구들, 그리고 부족한 글과 그림들을 보고 격려를 아끼지 않은 지인들에게 고마움을 전하고 싶다.

2022년 6월
붉은 장미가 만발하는 여름의 길목에서
최영복

차례

1장 | 봄을 잊은 그대에게

2장 | 여름아! 더위를 부탁해

3장 | 가을엔 편지를

4장 | 겨울 아침 창가에서 서서

비움

1장

봄을 잊은 그대에게

1

봄에

새싹은 오늘 필까
내일 필까
서두르지 않아요

꽃은 내가 이뻐
너가 이뻐
뽐내지 않아요

봄에는 사람도
봄을 닮아요

2

봄마중

섬진강변에
매화향 가득하고

선운사 뒤뜰에
동백꽃망울 터지는데

댓돌위 고무신은
언제쯤 봄마중
나서려는지

3

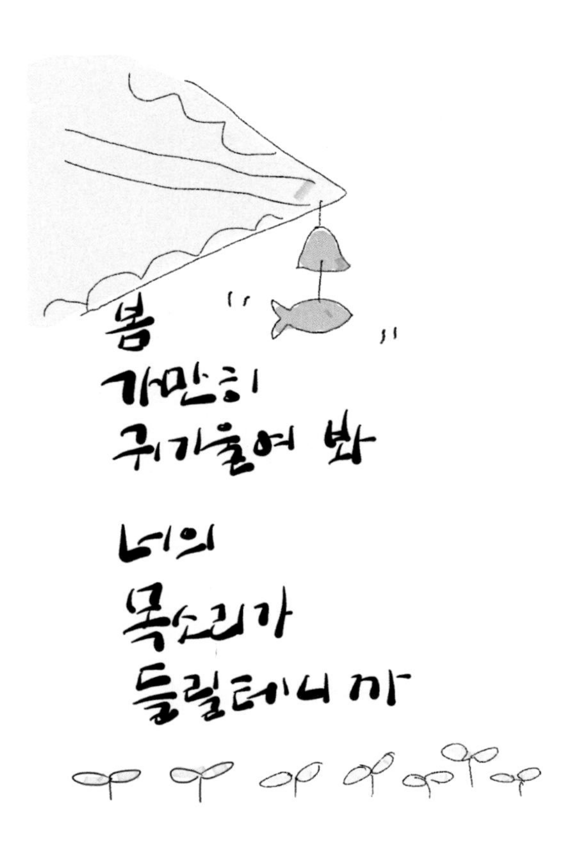
봄
가만히
귀기울여 봐

너의
목소리가
들릴테니까

4

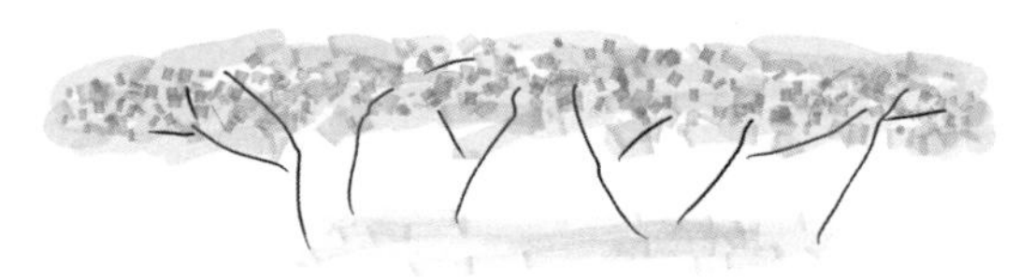

떨림

새싹의 떨림이
봄을 맞는다

떨리는 마음을 따라
사랑이 온다

떨림은 힘이다
떨림은 삶이다

5

노랑제비꽃

겨울바람
잦아진 봄날
바위틈 사이로
옹기종기 얼굴내민
애기 제비들

6

꽃

이리 가면 빨간 꽃
저리 가면 노란 꽃

이 꽃도
저 꽃도
아닌 넌
이쁜 꽃

7

라일락꽃

봄비 내려
라이락 꽃을
적신다
향기가 젖는다

그향기에
내마음도
추억에 젖는다

8

꽃

한날 피고 지는
꽃일지언정
세상에
함박 웃음
주고 가는
너

9

농부

콩 심는 농부가 있고
파 심는 농부도 있다
진정한 농부는
마지막 한 고랑에
마음을 심는다

10

봄비

인적없는 오솔길
갓 피어난 꽃잎위로
봄비가 내린다

라디오에서 흐르는
여가수의 노랫말
내 삶인양 애절하다
노래는 빗물에 젖고,
빗물은 강물에 잠기는데

비에 젖은 꽃잎는
혈흔처럼 농염하다

11

花無十日紅

12

늦지 않아

조금 쉬어가면 어때
조금 돌아가면 어때

산도 넘고
강도 건너고
구름도 보고
바람도 맞으며

그래도 늦지 않아

13

나의 길

가끔은 걷고싶다
나만의 길을
걷다보면
그늘도 있고
옹달샘도 있고
친구도 있고
그리고 언젠가
나도 만나겠지

14

꼭 쥐고 있어야
내것이 되는 것은
진짜 내것이
아니다

잠시 내려놓아도
항상 내곁에 있는 것
그것이
진정내것

15

아무리 눌러도
열리지 않는
비밀번호
이제야
알것같아
숫자가
아니라
마음인 것을

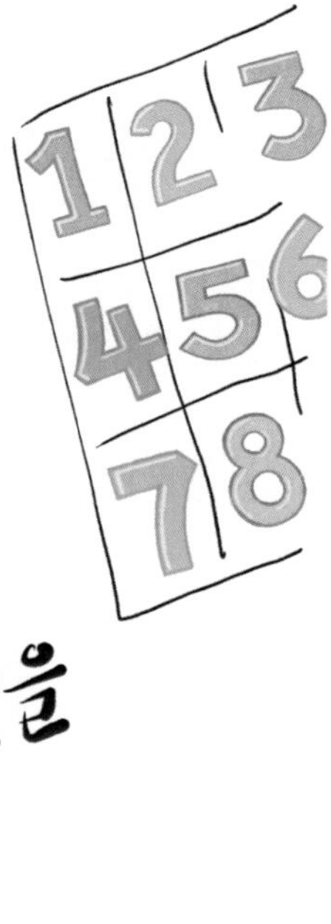

16

비워야만
채울수 있다
더 비워야만
더 채울수 있다
비움이 먼저다

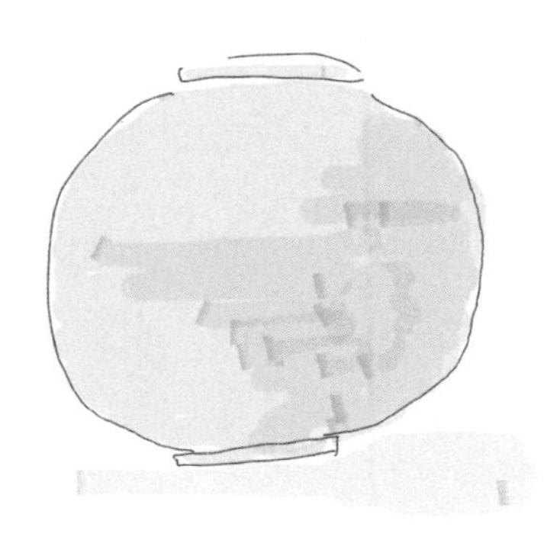

17

살다보면
살아진다
모두 다
사라진다

18

떠나라
그래야
보인다
내가 있던
그 자리

19

빈 자리

하루종일 마스크를 쓰니
얼굴엔 자국이

마스크도 자국이
패이는데
그대 머물던 자리는
어찌하리 ~

20

외로울 때면
주위를 둘러 봐
넌 혼자가 아니야

21

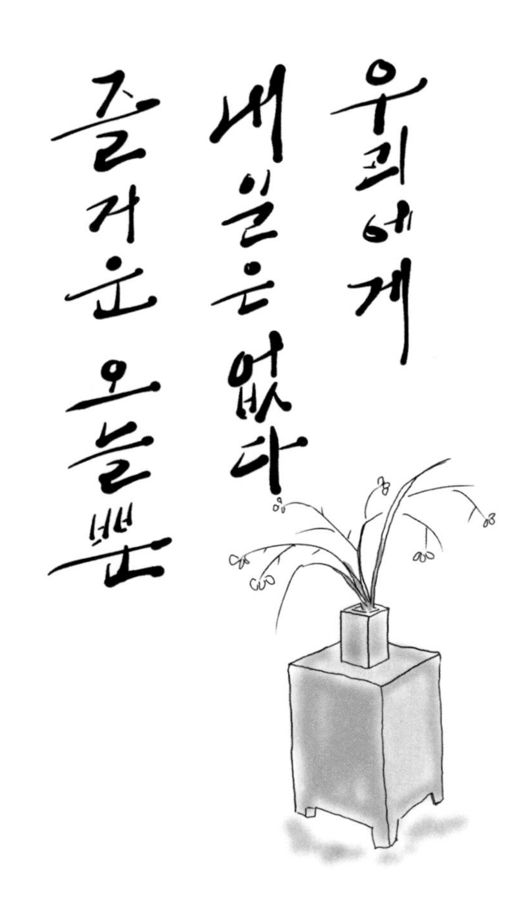
우리에게
내일은 없다
즐거운 오늘뿐

22

여행을 하고
산책을 하고
음악을 듣고
모두 내게 하는말
빛난다
예쁘다
소중하다

비움

2장

여름아! 더위를 부탁해

23

금강초롱

이 세상 태어나
그 이름 얻고 가는
너가 부럽다

24

지리山

가슴 저편
꼭꼭 숨겨둔
마음 인양

지리의 산너울은
굽이굽이
아련하다

25

잔치국수
먹기도 전에
즐겁다
춤이라도
추어야 하나

26

때로는
바다가
둘을
이어주기도
끊지

27

작은 행복

어릴적 여름
친구들과 놀다지쳐

홀로 방에서
자다 깨어 보니
아직도 한낮

28

작은 행복 2

어릴적 여름
소낙비를 흠뻑맞고
집으로 돌아오니
나프탈렌 장롱속에
뽀송뽀송한
옷이또 한벌

29

찻집
녹음 우거진 창가에 앉아
차를 마신다
시간은 비처럼
차에 젖는다

30

찌르찌르르
매미소리
푸득 푸드득
오리 날개짓

모두
한철이다

31

꽃소한 마음

그 마음과 마음이
모여 산이 되고,
내가 되어
흐르네~

32

바다

파도가 거칠면
날개가 거칠어지고
날개짓이 빨라지면
파도도 빨라지고
바다와 갈매기는
닮는다
너는 나의 꿈
너는 나의 바다

33

화분 속
꽃잎 한 장에도
햇살 한 점
구름 한 점
바람 한 점이

34

세상속에
내가 있는게
아니라
내속에
세상이
있다

35

거기

우리는 종종
잊고 산다
누군가 항상
거기 있다는걸

36

그리움은
간절할수록
좋다
말도 그렇다
삶도 그렇다

37

감사

아련한 영화를
보고나니 가슴이
울컥한다

나는 어디서 왔고
어디로 흘러가는가

그리고 감사한다
일상의 작음에도
울컥할수 있는 나를

38

힘든 당신께

선물하나

드려요

걱정지우개

39

없는 것을
탓하면
고통의 시작

갖은 것에
감사하면
행복의 시작

40

이유

없는 거 보다
좋은게 아니야
그냥 거기에
있어 좋은거야
바로 너

41

살면서
잊지 말아야
하는 것 하나
설레임

42

여행

어디로 가는지
묻지는 마
그냥
떠나는게
여행
이니까

43

느림

느림은 어쩌면
늘림인지도 몰라
더 길게 보고
더 멀리 보고
더 깊게 보고
비 개인 상큼한 아침
달팽이 처럼

비움

3장

가을엔 편지를

44

가을
가을 하면서
가을이 온다

45

고개를
들어봐
가을이
우수수

공세리
은행나무숲

가을바람

쪽빛에 물어온 바람이
꽃잎을 쓰다듬으며
노래한다

가을
가을
하면서

47

가을

지금껏
왜 몰랐을까
가을은 가만히
있어도
힐링이 된다는 것을

48

곶감

돈. 명예. 욕심. 질투...
개미처럼 매일
퍼나른 곶감들

나는 오늘
시간 곶감 오물거리며
북한산을 걷는다

49

낙엽

꽃이 지니
낙엽도 진다

눈을 질끈
감는다

허나
마음속에
지는 꽃은
어이하리

50

흔적

가을아침
누가 온 듯하여
창문을 여니

바람은 밤새
낙엽을 나르고
달빛은 그 위에
수를 놓았네

51

북한산에서

어젯밤 천둥소리에
놀라 북한산에 오르니
하늘높이 치솟던
나뭇가지는 찢기고
길가에 도토리들만
도란도란 소곤대네

52

한강을 걸었다
계속 걸었다
걷다보면
언젠가
보이겠지

53

행복의 한쪽문이
닫히면 다른쪽
문이 열린다

54

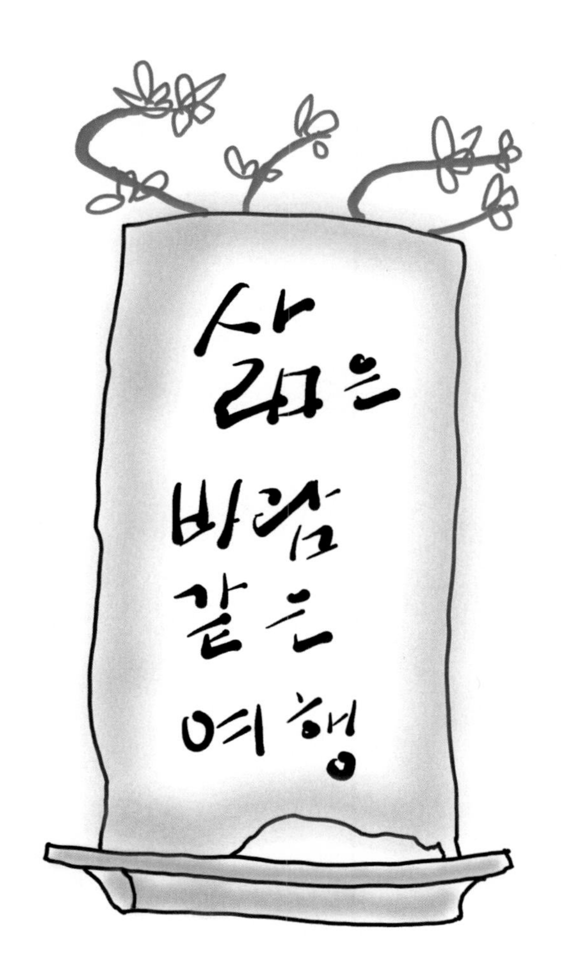
삶은
바람
같은
여행

55

소음

사람이 아닌
인간의 소리
인간이 만든 소리들

귀를 막아도
들리는 소리들
나는 지금 산으로
스며든다
소음(騷音)이 아닌
소음(笑音)을 찾아

56

술

술술 마시고
또 마시자
마시다 보면
人生도 술술
풀리겠지

57

새들은 날기
전에 배운다
준비한 자만
날 수가 있다

58

소유냐
삶이냐

59

그리움

뽀오얀 안경알을
호호불며
소매끝으로 훔치고는
서로 말없이
미소 짓는 거

60

그리움2

너를 향한 그리움이
비가되어
내린다면
나,
그 비 맞으며
걸으리

61

남한산성

산성의 돌과 돌 사이로
바람이 분다
턱밑까지 차오른
굴욕은 모른 채
한돌한돌 쌓아올린
무명민초의 이마 위로
그 모습 지켜보았을
아름드리 소나무 위에도
바람이 분다

62

사람과 사람이
부대끼며
살다보면
사랑이 되나보다

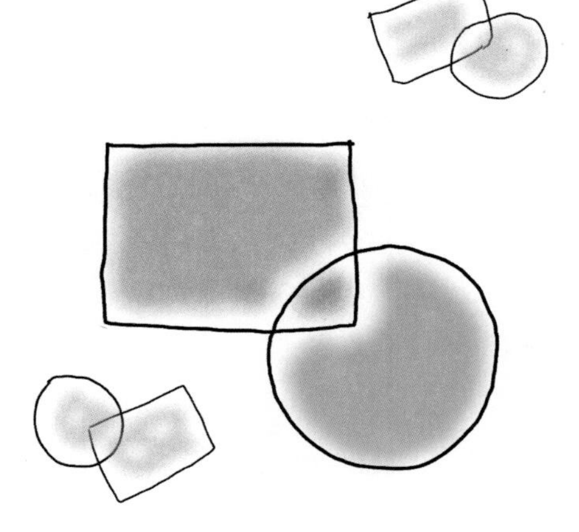

63

살다 보니
오답도 없고
정답도 없더이다

그저 문제만
있을 뿐

그래서
오늘도 문제를 푼다

64

삶

서로 꼬집고,
할퀴고,
토라지고,
그러다 보면
어느새
살맛도 나겠지

비움

겨울 아침 창가에 서서

65

첫눈

착한마음
사랑하는
마음만
남겨두고
밤새 흰눈이
소복 소복

66

아련함

누군가 내민
손끝에서
불현듯
그 옛날
따스했던
온기가 오롯이
전해지는 거

67

먹고
힘내

68

김밥

출근길 엘리베이터에
사람들이 헉헉
출발하는 버스에는
승객들이 꽉꽉
분식집 창문너머
김밥 서너 줄
나도 어쩜 김밥?

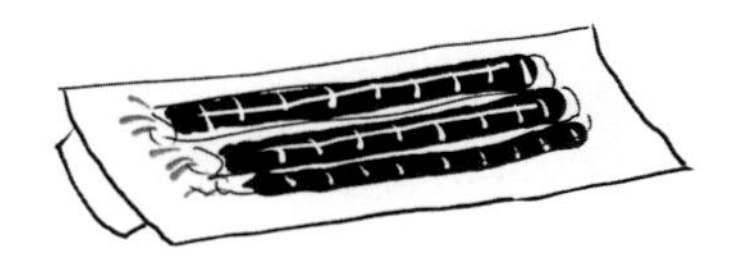

69

새끼 손가락
굵기 만한 흙
쌓고 다듬어
잔을 빚는다
그리고 담는다
너를

70

앞이 먹먹하면
눈만 닦지말고
안경을 벗어봐

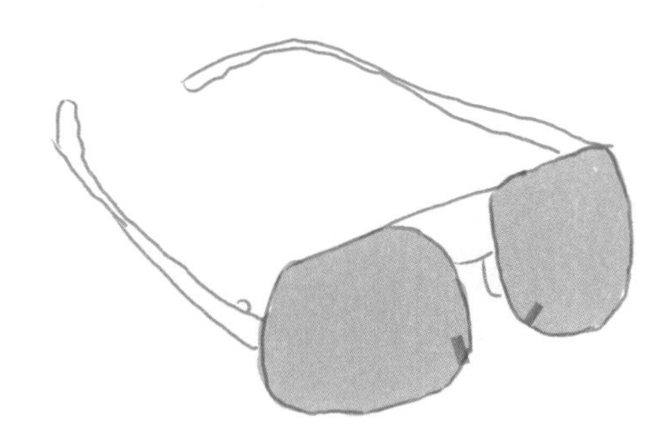

71

공항 가는 기차

마음은 빵빵

가방도 빵빵

철교 위 기차도

힘차게 달린다

빵빵대면서

72

연필과 줄

내가 힘을 주면
네가 나타나고
내가 똑바로 가야
네가 바로
보인다
그런데
우린 가끔
잊고 살지

73

우연이 인연되고
인연은 또 필연되고
그것이 人生

74

웃음소리

아줌마에서 그 애로
아저씨에서 그놈으로
깔깔대며 웃느라
날아가던 새들도
화들짝 달아나는
그 웃음이 좋다

75

이젠

스물몇살때쯤이라
얘기한다
너무 힘들어서
마흔몇살때쯤이라
얘기한다
너무힘들어서
이젠 그만

온양온천장
뚝배기

소주 한 잔
막걸리 한 잔
인생사
한 잔이면
족하다

77

인생은
한권의 책
오늘은 그중
한 페이지

78

좋다
너무 좋아
아주 좋아
굳이 하나를
고른다면
아주 좋아

79

좋다 2

재주가 좋아
솜씨가 좋아
둘이 하나를
고른다면
솜씨가 좋아

80

너무 높이
오르려 하지마
지금이 좋아

81

포기를 하면
이유를
찾고
도전을 하면
방법을
찾는다

82

겨울

겨울바다가 속삭인다
처얼썩 처얼썩
버리고 또 버리라고

겨울하늘이 노래한다
훠어이 훠어이
날리고 또 날려
날내라고

83

해질녘 기차

슬라브 지붕너머로
하얀 연기가 모락모락
피어난다
장에 갔다오신 아버지,
아랫목에 옹기종기
모인 엄마, 동생,
생각만 해도 따스하다

84

황토방 한채

저무는 해를 오래도록
보고 싶다
수많은 별들을 더 많이
헤아리고 싶다
멀리서 나 찾아오는 이
따뜻이 재우고 싶다
그래서 내 나이처럼
익어가는 느티나무 아래
아담한 황토방 한채
지으련다

85

정서진에서

동해의 정동진
양구의 정중앙
그리고,
서해의 정서진
노을은
영종대교를 따라
내린다